SHERLOCK HOLMES

大偵探福爾摩斯
實戰推理系列
SHERLOCK HOLMES
圖書館之謎

實戰推理短篇
圖書館之謎

大圖書館

夏洛克用力推開圖書館那沉重的大門，一陣書香隨即撲鼻而來。他跟圖書館管理員點點頭打了個招呼後，就走到那一排又一排的書架前，看着那茫茫書海。

夏洛克記得，當他問桑代克先生怎樣才能變得像他那樣充滿智慧時，桑代克先生是這樣回

答的：「智慧是建基於知識之上，就算腦筋轉得多快，如果沒有足夠的知識支持，思考的空間也會變得狹窄。所以，想要有智慧，必先累積知識，而**累積知識最佳的方法就是多看書**。」

為此，夏洛克特別來到這個倫敦最大的圖書館，想找些書看看，嘗試從閱讀中吸收多一些知識。不過，這裏的書**成千上萬**，他一時之間也不知應該**從何入手**。

夏洛克環顧四周，發現每個人都拿着書**全神貫注**地閱讀着。

「他們看得那麼**津津有味**，一定是很喜歡自己手上的書了。」他心中暗想，「對了，雖然閱讀一些**專門書籍**可直接汲取知識，但自己不感興趣的話，只會**事倍功半**。我應該像他們那樣，選些自己感興趣的書來看。」

想到這裏，夏洛克穿過文學區走到童書區的書架前。他左看看右看看，一本名為**《金銀島》**的故事書闖入他的眼簾。他把書取下來翻了翻，再看了看封底的簡介。

「原來是關於**尋寶**的書，正合我的口味呢！」

夏洛克找了個位置坐下，**全情投入**到書

中的世界去。緊張刺激的劇情令他一頁又一頁地翻閱，並跟隨着書中的小主角霍金斯踏上了尋寶之旅——在一張藏寶圖帶領下，經過多番與海盜們角力周旋之後，終於奪寶而歸。

夏洛克一口氣就把書看完了，他不禁掩卷讚歎：「太好看了！」

「還有時間，再找一本書看看吧。」夏洛克把《金銀島》放回書架後，挑中了另一本故事書。當他把書取下來時，卻赫然發現一對小圓眼通過書本之間的縫隙，在對面盯着他！

「哇呀！」夏洛克驚呼一聲，打破了圖書館的寧靜。

書中的謎題

剎那間，周遭**不友善的目光**全聚焦在他的身上，嚇得他慌忙掩住了自己的嘴巴。這時，一個**胖墩墩**的身影從書架後面跳了出來。夏洛克定神一看，才發現小圓眼的主人原來是**猩仔**。

「哈哈，把你嚇到了嗎？**膽小鬼**！」猩仔完全不在意別人的目光，高聲地**抱腹大笑**。

夏洛克為免打擾他人，馬上把猩仔拖到一旁，壓低嗓子說：「這裏是**圖書館**，說話別那麼大聲。你來這裏幹嗎？」

「我在外面看到你走進這裏，就跟着來看看你幹甚麼啦。」

「來這裏當然是看書，你剛才沒看到我一直在看書嗎？」夏洛克沒好氣地說。

「哈哈，看到呀。所以我也拿了一本書看呀，但看不到兩頁就睏得睡着了。」猩仔**面不紅耳不赤**地說。

「那你不要在這裏妨礙我看書，趕快走吧。」

「你看甚麼書，讓我看看。」猩仔沒理會夏洛克的**驅逐**，反而一手奪過他手上的書，逕自翻開來看。就在這時，一張夾在書中的**紙片**掉了下來，飄落在地上。

「咦？這是甚麼？」猩仔把書

塞回給夏洛克，自己則撿起紙片細看。

謎題①

那張紙片舊得發黃，看來夾在書中**已有一段歷史**。紙片上有三段字，第一段筆觸比較**粗獷**，看來像男生的字，寫着：「我可以與你見面嗎？」

第二段看來是女生的字，回應：「好呀，在哪兒見面？」

第三段又是男生的字，寫着「**A6、E35、H2、S4、T1**」，後面還寫着一個人名「**Iris Murdoch**」。

「看來是兩個人**用紙筆在交談**，但那些英文字母及數字是甚麼意思呢？」猩仔皺起眉頭說道。

「按**上文下理**來看，應該是見面地點吧。」

喜歡解謎的夏洛克一下子就被謎題吸引住，已忘了來圖書館的目的。

「哪有人會出謎題去說明見面地點的呀。」猩仔不可置信地說，「萬一對方解不通，約會不就泡湯了？」

「我哪知道，可能是那兩個人喜歡故弄玄虛吧，我也不懂啊。」夏洛克聳聳肩，「不過，他們的見面地點我倒是已知道了。」

「在哪？」猩仔興致勃勃地問。

「在海邊吧。」夏洛克輕描淡寫地說。

「為甚麼？」

「這很簡單呀。**數字就是次序**，這樣還不明白嗎？」

猩仔盯着紙片**苦思片刻**，突然靈光一閃，興奮地說：「啊！我知道了！約會地點是**The Sea**！」

約會地點為甚麼是 The Sea？想知道的話，就去看看第38頁的解答吧。

「別那麼大聲，這裏是圖書館呀。」夏洛克壓低嗓子提醒。

「但還有個謎題未解……下面那個人名是甚麼意思呢？」猩仔想了想，又**自作聰明**地說，「難道是寫信人的**署名**？」

難道是寫信人的署名？

「不，應該是**作家**的名字吧。」夏洛克邊說邊往文學區走去，「我記得剛才經過一個書

架的時候，看過類似的人名。」

夏洛克走到**編號800**的書架前，依書名找了一會後，果然找到一本名為《The Sea, The Sea》的書，而作者正是**Iris Murdoch**。

「竟然真的有這本書，快給我看看！」猩仔又搶走了書，一屁股坐在地上就翻閱起來，「哇……怎麼全是字，一幅**插圖**也沒有？哎呀，這麼多字怎消化得了啊。不……不行了……我開始睏了……」

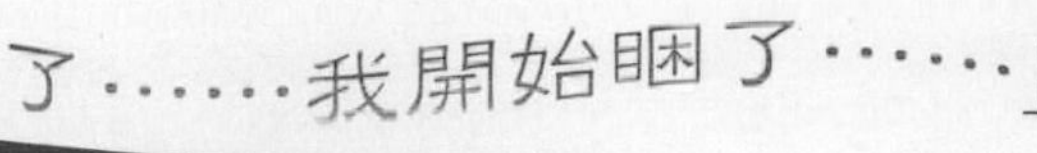

猩仔説着説着，竟然身子一歪，瞬間就倒在地上睡着了。書本也隨之「**啪嗟**」

一聲掉在地上，剛好翻開了扉頁。

「哎呀，你這樣會摔壞書本呀。」夏洛克蹲下來想撿起書本，卻**眼前一亮**。

「咦？扉頁上寫了些字呢。這些筆跡好眼熟……呀！」他馬上認出來了，因為與剛才那張紙片上的筆跡**一模一樣**。

謎題②

「喂，醒醒！有發現。」夏洛克搖了搖睡得**嘴角垂涎**的猩仔。

「我……我是**蘇格蘭場**的……**神探**……李大猩……」猩仔迷迷糊糊地說着**夢囈**，「你……你……這個兇手……你已被重重包圍，快**束手就擒**吧！」

「喂，猩仔，**發開口夢**還早呀！快醒醒吧！」夏洛克沒好氣地用力再搖了一下。

「再不投降……我就開槍了……」猩仔仍然沉醉在夢中。

夏洛克見無法喚醒猩仔，就在他的耳邊輕聲地叫了一下：「**砰！**你中槍了！去死吧！」

「哇呀！」猩仔霎時驚醒，他慌張地摸了摸自己的肚子，「糟糕！**我中槍了！我中槍了！**」

「終於醒過來了嗎？」

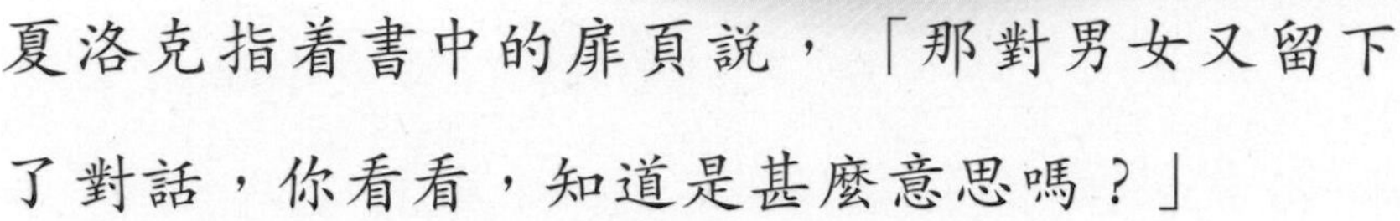

夏洛克指着書中的扉頁說，「那對男女又留下了對話，你看看，知道是甚麼意思嗎？」

「哎唷，原來是發夢，差點被你嚇死了。」猩仔**搔搔耳邊**，看了看扉頁上的文字，「他們還在玩猜謎題嗎？好吧，就讓我這個未來的蘇格蘭場幹探，破解這個**無聊玩意**吧！」

「你知道答案了？」夏洛克不帶半點期望地問。

「嘿嘿嘿，這很簡單嘛。問的是『**哪天有空**』，答案一定跟日子有關。」

「說得對，然後呢？」

「這裏有5個英文字母和兩個格子，也就是總共**7個字母**。說到跟日子有關的7個字母，很自然就想到『**星期**』吧！」

「你這次意外地聰明呢。」夏洛克讚道。

「有甚麼意外？我的頭腦一直都這麼好呀！」猩仔**自吹自擂**地說。

「那麼答案是甚麼呢？」

「『M』吧！也就是『MOnday』！大功告成，謎題被我破解了！」猩仔**威風十足**地把書合上，不可一世地說。

夏洛克質疑：「但書上寫的是

猩仔是如何推理出答案呢？想知道的話，可以看第38頁的解答。

『MorT』，也就是說女生答『Monday』或與『T』有關的另一天。但『T』是代表『Tuesday』還是『Thursday』呢？」

「去看看下一本書，不就知道了？根據之前的謎題，答案應該藏在那位**甚麼V甚麼Woo**的著作中吧。」

在猩仔的提議下，兩人開始尋找Virginia Woolf的著作。圖書館雖然很大，但卻整理得很好，他們

不消一會就找到了一本由Virginia Woolf所著，名為《MONDAY OR TUESDAY》的短篇小説集。

夏洛克翻開書的扉頁，果然又看到一些留言。這次似乎是先由男方回應女方，上面寫着：

謎題③

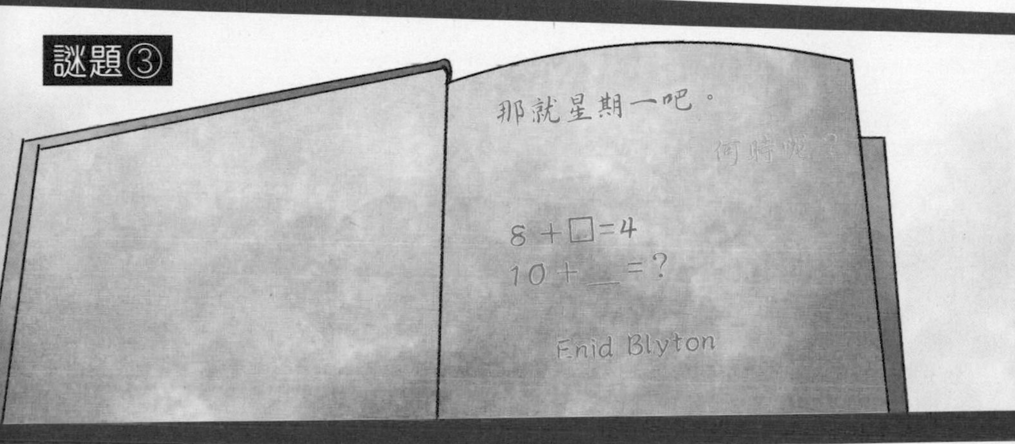

「咦？有兩個答案嗎？」猩仔有點驚訝，「有**方格**又有**問號**呢。」

「應該不會吧……」夏洛克搖頭否定，「第一行應該是**解謎方法**的**提示**。」

「8 + □，要怎樣才會是4呢？」猩仔苦惱地説。

「8比4大，這條數式並不成立，但如果把阿拉伯數字轉換成**其他語言的數字**……」夏洛克用雙指捏緊眉頭思考。

「其他語言的數字？」猩仔完全摸不着頭腦。

「對！如果是……我知道答案了！」夏洛克忽然靈光一閃，「如是**中國數字**的話，8+□=4就成立了！」

「中國數字？我不懂呀，即是怎樣？」猩仔問。

「另一題的答案是7，還不明白嗎？」

「我都説我不會中國數字了！」猩仔**鼓譟**，「算了，知道答案是7就夠了。接下來要去找那個Enid Blyton的書吧。」

為甚麼8＋□是4，而另一題答案是7呢？不懂的話，可以看第38頁的解答。

「Enid Blyton……我看過她的書！」夏洛克說，「她是很有名的**兒童文學作家**。」

「是嗎？那你應該知道哪本書跟7有關吧？」

「我想想……應該有本叫做《Secret Seven》的書。很好看的，是講述7個少男少女組成偵探團的冒險故事。」

「是嗎？Secret Seven這團隊的稱呼倒是很不錯。要不我們也多找5個人，組成一個**偵探團**？」猩仔興奮地說。

「你找到那麼多人參加再說吧。」夏洛克半帶**敷衍**道。

「哈，本大爺交遊廣闊，只須大叫一聲，就**一呼百應**了。」猩仔説着，用力地拍了拍自己的心口。

「既然你有那麼多朋友，就不要老是來**纏擾**我啦。」夏洛克轉身往另一排書架走去。

「你説甚麼？我是**可憐你寂寞**，才來陪你玩

啊。」猩仔跟在後面**嘮嘮叨叨**地説。

兩人你一言我一語，邊打邊鬧地找到了擺放《Secret Seven》的書架。

「《Secret Seven》原來是一個系列，出了很多本小説呢。」猩仔看着一整列的書驚訝道。

「是啊，但這對男女的謎題如果只是**打情**

罵俏的話，應該不會太複雜，只要看第一集就可以了。」夏洛克説着取下了首集《Secret Seven》。他翻開扉頁，卻沒發現謎題，但翻了幾頁，果不其然就找到寫着第4道謎題的紙張。

「看這些數字排列方式，難道是**除數**？」

擅長數學的夏洛克理所當然地把數字聯想成算式。

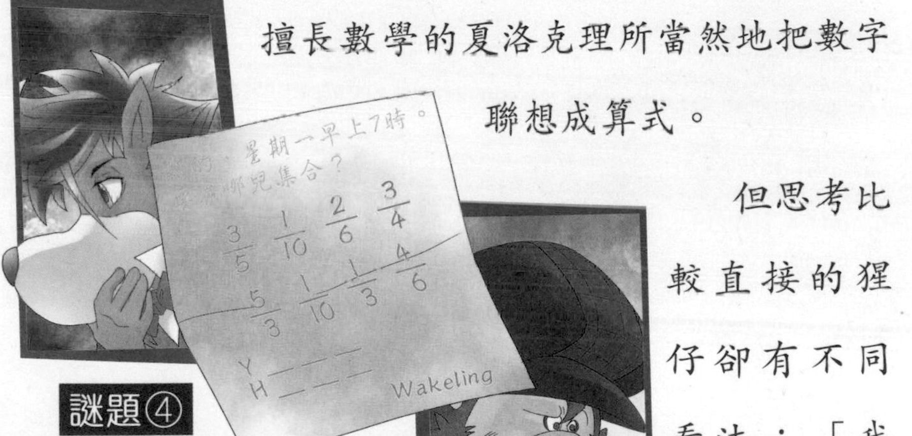

但思考比較直接的猩仔卻有不同看法：「我

倒覺得像**日期**。」

「日期？原來如此！」被猩仔說話一言驚醒，夏洛克瞬間看破謎題的**奧妙之處**。

「怎麼了？」猩仔問。

「我明白了。看起來像是分母的數字，其實是代表不同的**月份**。Y和H則代表地點，答案應該就是**Your Home**。」夏洛克解釋道。

知道分母代表月份後，分子又代表甚麼呢？想不通的話，可以去第39頁看答案。

「你這樣一說，我也想通了，是男生會去女生的家接她！」猩仔說。

「應該是這樣。」夏洛克想了想，又有點遲疑地說，「時間地點雖然也約好了，但下面還有Wakeling這個作家的名字，難道還有謎題未解開？」

Wakeling?

「那就繼續追查下去吧！」猩仔一拳打在自己的掌心上，**「不破解誓不罷休！」**

「好！」夏洛克也用力地點點頭，「快去找Wakeling的書！」

兩人**分頭行動**，但這次卻像**大海撈針**一樣，怎樣找也找不到。

「完全找不到Wakeling這個作者的書呀，到底是不是真有這個人啊。」**疲累不堪**的猩仔說。

「去問問**管理員**吧。」夏洛克說罷，快步走向大門前的櫃台。看到同伴仍不放棄，猩仔只好無奈地跟上。

管理員是一位上了年紀的伯伯，他笑容滿面地說：「Wakeling不是小說家，在文學區當然找不到。他寫的是**工具書**，專門教導大家怎樣在家中做一些小工程。」

「原來是工具書，難怪一直找不到啦。」猩仔**恍然大悟**。

「謝謝你，我們再去找找看。」夏洛克道謝後，隨即與猩仔走到擺放工具書的書架前搜尋。由於那兒的書大小不一，擺放得很雜亂，夏洛克好不容易才找到Wakeling的著作**《Thing to Make in Your Home Workshop》**。

謎題⑤

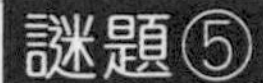

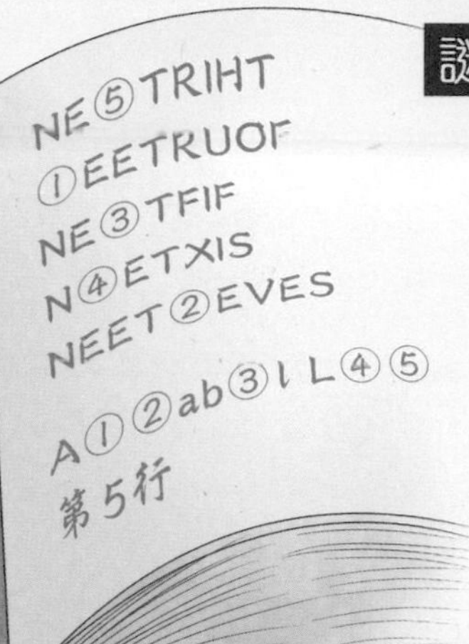

兩人依舊打開扉頁就找到了新的謎題，不同的是，今次只有**男性筆跡**的留言。

「這次不是一問一答的對話，看來是道**填補字母**的謎題呢。」猩仔說。

「但『**第5行**』是甚麼意思呢？」夏洛克摸不着頭腦。

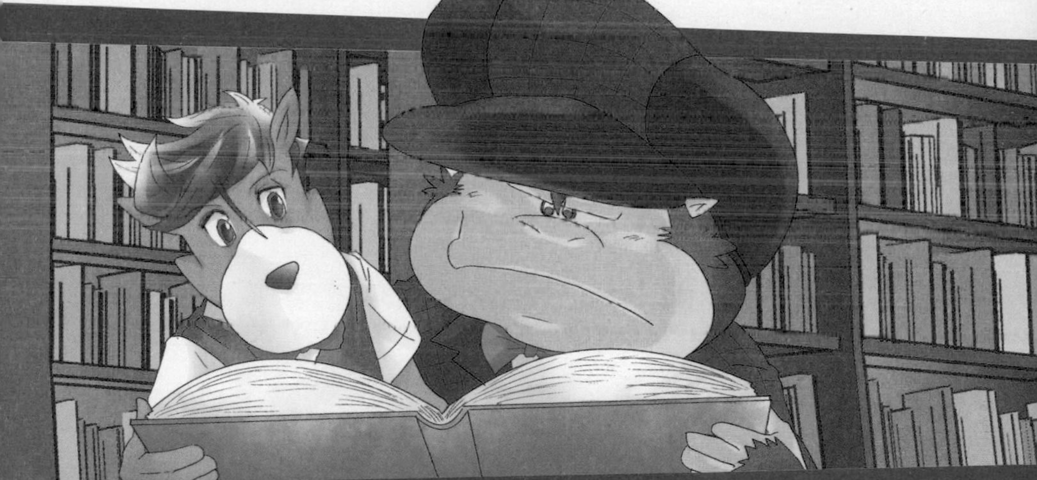

「想不到就先不管這個。」猩仔說，「按照上幾次的謎題推測，『第5行』上面的『A①②ab③l L④⑤』應該是作者的姓名，先找出當中缺少的字母吧！」

「有道理。」夏洛克**冷靜地分析**，「作者姓名缺了5個字母，而上面的5個生字合共也缺了5個字母。就是說，上面的5個生字是提示，只要知道缺的是甚麼字母，就能填補作者姓名欠缺的部分了！」

「這麼說的話，5個生字之中，有4個的頭一個字母都是『**N**』，那麼，第2個生字開首的①也該是『N』！」猩仔忽然**頭腦明晰**地說。

「假如真的是『N』……」夏洛克靈光一

悶，「真的好像解得通，這次你好聰明呢。」

「甚麼這次？我每次都好聰明呀！」猩仔抗議。

「①是『N』的話，②也是『N』……」夏洛克摸着下巴，馬上開始着手解謎。

猩仔見狀，也「唏」的一聲**紮穩馬步**，**臉容扭曲**地盯着那些生字。

「不！」夏洛克大吃一驚，慌忙制止道，「你不要出——」

「哇哈哈！我知道了！是『*Annabel Lee*』！」猩仔後發先至，竟搶先説出了答案。

「啊……」夏洛克鬆了一口氣，「被你嚇死

了，幸好你不用使出神功就破解了謎題。」

「哈哈哈！**神功**是最後關頭才用的嘛，這麼簡單的謎題，何須**浪費神力**！」猩仔得意揚揚地笑道。

「作者叫『Annabel Lee』，那麼『第5行』該是書名吧？」夏洛克說。

「這麼古怪的書名，真的有嗎？」猩仔質疑。

「算了，何必浪費時間**猜度**，直接去問管理員吧。」夏洛克提議。

兩人馬上跑去查問，但得到的回答卻是——

「**Annabel Lee？第5行？**」管理員伯伯摸摸鬍子問，「你肯定這是作家的名字嗎？我們館內沒有這個人的書啊。」

「那麼有沒有一本叫《第5行》的書呢？」猩仔再問。

管理員歪着頭想了想，最終搖搖頭道：「我在這兒工作十年了，從**沒聽過這書名**。」

謝過管理員伯伯後，剛好到了**閉館時間**，兩人有點失望地步出了圖書館。

「還有一道謎題解不開，怎辦？」夏洛克問。

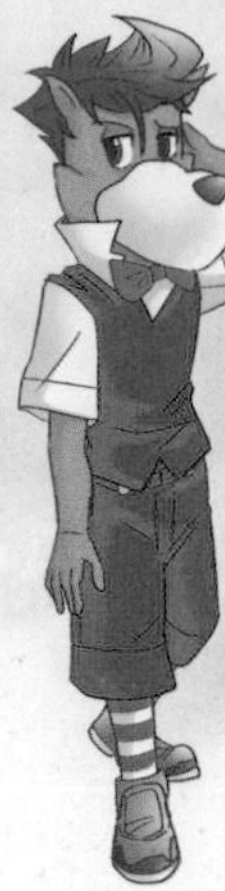

這時，「咕」的一聲響起，猩仔摸一摸他那圓鼓鼓的肚子，本來精神奕奕的臉孔突然憔悴得塌了下來。他有氣無力地說：「肚子好餓呀⋯⋯！我⋯⋯我要回家吃飯了，後會有期⋯⋯」說完，他就拖着沉重的步伐走了。

猩仔的突然變臉，令夏洛克感到啼笑皆非。不過，他並沒有放棄破解謎題，在回家路上，仍一直在思考「第5行」的意思。但無論他怎樣思考，始終得不出一個滿意的答案。

最後答案

「媽媽，我回來了。」夏洛克回到家時，

天色已暗了下來。

「怎樣？在圖書館找到喜歡的書嗎？」正在打掃的美蒂絲放下手中的掃帚，微笑地問。

「我看了一本叫《金銀島》的書，很好看呢。而且，在裏面還找到一連串的謎題呢。」

「謎題？」

「首先是一張寫着『我可以與你見面嗎？』的紙片，上面有……」夏洛克滔滔不絕地解釋了整個解謎的過程。

「不過，我和猩仔始終找不到Annabel Lee那本叫《第5行》的書。」夏洛克**心有不甘**地說。

「Annabel Lee的⋯⋯第5行？」美蒂絲眼裏閃爍着**詫異的目光**。

「對，一本叫《第5行》的書。」

「Annabel Lee的⋯⋯第5行嗎？」美蒂絲臉上浮現出**一圈紅暈**，「Annabel Lee不是作者，她是名作家愛倫坡的愛人，這也是他一首情詩的名字。詩的第5行是『*Than to love and be loved by me*』，該是那男孩的**告白**吧。」

「哇！媽媽

好厲害！你怎會知道的？」夏洛克十分驚訝。

「嘿，你太小看媽媽了吧？我也很**博學**的啊。」美蒂絲**故作神氣**地說，「我要準備晚餐了，你快點去洗澡吧。」

「知道！」夏洛克得悉答案後顯得很興奮，**一蹦一跳**地走開了。

美蒂絲步進廚房，點起爐火，弄熱預先準備好的**肉碎與稀粥**。她若有所思地往窗外望去，找到了夜空上那顆**熟悉的明星**後，不禁低聲地呢喃：「唐泰斯，沒想到夏洛克找來的謎題，竟然是那首詩中最動人的

一句，這是偶然……還是**命運的安排**呢？」

想到這裏時，她的耳邊又響起了唐泰斯常常唸給她聽的、那首令人心醉的詩……

And this maiden she lived with no other thought
這位少女生存在世，只有一個想法

Than to love and be loved by me.
那就是愛我及被我所愛

I was a child and she was a child,
我和她還是小孩

In this kingdom by the sea;
在這個海邊的王國

But we loved with a love that was more than love -
但我們已經愛得比相愛還要深——

I and my Annabel Lee;
我和我的安娜貝．李

夜風吹起，密雲無聲地把那顆明星掩蓋。當年**兩小無猜**的往事，對現在的她來說，既**甜蜜又痛苦**。

謎題①

只要依數字重新排列一次那些英文字母，就能輕易知道答案。

A6 E3 5 H2 S4 T1

↓

T H E S E A

謎題②

正如猩仔所說，那些英文字母代表「星期」。第一個S代表星期日(Sunday) 的第一個字母，其後的口代表星期一(Monday) ，所以是 M。而■則是星期五(Friday) 的 F。

S	□	T	W	T	■	S
SUN	MON	TUE	WED	THU	FRI	SAT

謎題③

把兩條算式的數字都換成中國數字的話，就能輕易看出答案了。

八 + 口 = 四

十 + 二 = 七

謎題④

分母代表月份，分子則代表該月份的英文寫法的第幾個字母。例如$\frac{3}{5}$代表5月(May)的第3個字母，即是Y。$\frac{1}{10}$則代表10月(October) 的第1個字母，即是O，如此類推，就得到答案Your Home了。

$\frac{3}{5}$	$\frac{1}{10}$	$\frac{2}{6}$	$\frac{3}{4}$
maY	October	jUne	apRil
$\frac{5}{3}$	$\frac{1}{10}$	$\frac{1}{3}$	$\frac{4}{6}$
marcH	October	March	junE

謎題⑤

將所有字母由右至左倒寫一次，就會得知其實是英文的「thirteen」至「seventeen」。

NE⑤TRIHT		thirt⑤en		thirteen
①EETRUOF		fourtee①		fourteen
NE③TFIF	→	fift③en	→	fifteen
N④ETXIS		sixte④n		sixteen
NEET②EVES		seve②teen		seventeen

所以 A①②ab③l L④⑤

就是 Annabel Lee

實戰推理短篇

少年偵探團G

秘密基地

馬齊達來到了林蔭路旁的雜貨店，他記得初次看到店主豬大媽的時候，差點被她那兇惡的長相嚇得掉頭就走。不過，後來發現她對小朋友非常友善，才漸漸變成了此店的常客。

「啊！馬齊達，歡迎光臨。」豬大媽看到他馬上笑臉相迎，「來找猩仔嗎？他在飯廳裏不知道搞甚麼鬼，你自己進去看看吧。」

「謝謝。」馬齊達有禮地點點頭，然後穿過堆滿雜貨的店頭往裏面走去。但當他走到飯廳門前時，卻發覺門被鎖上了，而且門上還貼着一張紙。

「唔？這是……？」只見紙上有一堆大細不

一的圓圈，有些圓圈寫着數字，當中有一個還寫着「G」字。

他叩了幾下門，等了半晌也沒有回應。

他再叩了幾下門，門後依舊一片寂靜。

「難道猩仔不在？」正當他想轉身離開時，卻隱約聽到門後有些窸窸窣窣的聲響。

「唔？難道他想戲弄我？」想到這裏，他再叩了幾下門，並大聲一點説，「猩仔，你在裏

面吧？是我呀，麻煩你開門吧。」

「密碼呀！開門不用密碼嗎？混蛋！」猩仔的叫聲從門後傳來。

「密碼？甚麼密碼？」馬齊達摸不着頭腦。

「這是秘密基地，進來當然要用密碼！」

「是嗎？那密碼是甚麼？」馬齊達問，雖然他不知道飯廳為何變成了秘密基地。

「哎呀，密碼會隨便説出口嗎？提示不就在你眼前的紙上嗎？自己動動腦筋吧！」猩仔不耐煩地説。

怕事的馬齊達不敢頂撞猩仔，只好無奈地細看紙上的圓圈，試試能否找出密碼。

「嗚……我不懂呀！」馬齊達看來看去也不明白圓圈的意思，只好苦惱地哀叫。

「哈哈！這謎題是本大爺想出來的，當然沒那麼容易破解！」猩仔在門後揚揚得意地說。

「太簡單了，是Gorilla！」忽然，一個熟悉的聲音從馬齊達背後響起。

馬齊達回頭一看，原來是夏洛克，他連忙問道：「你怎會知道答案的？」

「因為謎題與**打字機**有關呀。而

且，像猩仔這麼自大的人，用自己名字作為密碼也**理所當然**啊。」

打字機跟密碼有甚麼關連？不明白的話，可以在第121頁找到答案。

「**自大？**我哪裏自大了！」猩仔猛地打開門反駁。

「看，門開了，證明我的答案沒錯呢。」夏洛克沒有理會猩仔，一手拉着馬齊達走進了飯廳。

「喂！你就這樣走進來嗎？」

「我不是說出了密碼嗎？再說，這裏是豬大媽的家，你沒有權決定要密碼才可進來啊。」

「這裏是**秘密基地**呀！當然要有密碼才可進入。」

「甚麼秘密基地？」馬齊達好奇地問。

「嘿嘿嘿，說出來嚇你一跳。這裏是——**少年偵探團G的秘密基地**！」猩仔煞有介事地高聲介紹，「桑代克先生有偵探社，我們當然也要成立一個最厲害的偵探團啦！」

「好像很有趣呢。」馬齊達感到**興味十足**。

「成立偵探團嗎？這個主意不錯。」夏洛克想了想，「不過，**G是甚麼意思？**」

「哇哈哈！還用問嗎？當然是團長——**我猩爺Gorilla的G啦！**」

「你是團長？那我跟馬齊達是甚麼？」夏洛克不滿地問。

「你們嗎？我倒沒想過呢。」猩仔説着，**用尾指摳着鼻孔**，裝模作樣地思考起來，「你們雖然是無關重要的新丁，但總該有個**頭銜**……叫甚麼好呢……？」

「甚麼？我們是無關重要的新丁？」夏洛克氣得**七孔生煙**。

「呀！我想到了！」突然，猩仔用力拔出一條鼻毛，又打了個大噴嚏，把**口水和鼻涕**都噴到夏洛克兩人臉上去了。

「哇呀！好**骯髒**呀！」夏洛克和馬齊達同聲慘叫。

「你們就叫做**新丁1號**和**新丁2號**吧！」

夏洛克兩人聞言，雙腿一歪，幾乎同時摔倒。

「哈哈，這兩個頭銜不錯吧？」猩仔**自鳴得意**，「夏洛克是1號，馬齊達就當2號吧。」

「不行！這個頭銜太難聽了！」

「來！馬上出發，罪案已發生了！必須在犯人逃走之前進行抓捕！」猩仔沒理會夏洛克抗議，立即**高聲下令**。

「甚麼？罪案已發生了？」夏洛克眼前一

亮。

「犯人……是甚麼犯人？」馬齊達有點驚恐地問。

「馬上去找豬大媽拿些沒用的**舊衣服**來！」猩仔繼續**發號施令**，「然後速速到3哩外的**紅磚舊工場**前面集合！快去！我在那裏等你們！」

夏洛克雖然**滿腹疑惑**，但猩仔說得好像非常緊迫，他只好拉着馬齊達去取舊衣服。不一刻，兩人已集齊所需，**匆匆趕到**猩仔所指的那家紅磚舊工場前面。

這時，猩仔已叉開雙腿站在工場的雪地上，神氣十足地等候兩人的到來。

「怎麼了？犯人在哪？」夏洛克趨前問。

「對……犯人在哪？」馬齊達戰戰兢兢地往四處看了看。

「新任務，堆雪球吧！」猩仔沒頭沒腦地說。

「甚麼？堆雪球？」夏洛克不明所以，「犯人呢？不是來抓犯人嗎？」

「噓！別那麼大聲。」猩仔湊到兩人耳邊低聲說，「犯人在遠處

監視着我們，先假裝玩堆雪球，讓他們**放下戒心**，再**伺機行動**吧。」

「啊……」馬齊達被嚇得「**咕咚**」一聲，吞了一口口水，夏洛克也不禁緊張起來。

「別呆站着，快堆雪球吧。記住，要假裝玩得**興致勃勃**的樣子啊。」猩仔低聲下令後，

謎題②

自己已率先堆起雪球來。

兩人不敢怠慢，馬上也堆起雪球來。不一刻，他們三人已各自堆了三個**圓鼓鼓的雪球**。

「夠了，現在用這些雪球，各自堆一個**雪人**出來吧。」猩仔再次下令。

「甚麼？堆雪人？」夏洛克不禁生疑，「那麼犯人呢？不用抓犯人嗎？」

「哇哈哈！你們上當了！」猩仔忽然大笑，「哪有甚麼犯人，我只是想考驗你們的**膽色**，和訓練你們在危機下如何**保持冷靜**罷了。」

「**豈有此理！**居然戲弄我們！」夏洛克氣極。

「團長，你有點過分啊，竟然騙我們。」馬齊達也不滿地嘀咕。

「哎呀，這是**訓練**，不是戲弄啊！」猩仔**強詞奪理**地辯解。

「好！既然是訓練，那麼，我也來訓練一下你的腦筋吧！」夏洛克指着地上的雪球說，

「把這9個雪球當成圓點，你可以**一筆過**穿過全部圓點，同時畫出**4條直線**嗎？」

猩仔想也不想就答道：「簡單！簡單！把外圍的圓點全部連起來，畫出一個**正方形**，就有4條直線啦。」

「錯！」夏洛克說，「中間那個圓點呢？你並沒有把它連起來呀。」

馬齊達想了想，問：「是不是可以從**任何一點**開始？」

「是。」

「會不會是這樣呢？」

馬齊達跑到雪球堆中，在9個雪球旁邊逐一經過，並用腳印踏出了4條直線。

「你很聰明呢。」夏洛克稱讚道，「全對！」

「謝謝。」馬齊達有點害羞地搔搔頭。

「馬齊達，你剛才跑得太快了，我看不清楚啊！」猩仔追問，「究竟怎樣才能一次過穿過9個雪球呀？」

「這是腦筋訓練呀！你自己想想吧。快天黑了，我們鬥快堆雪人吧。」夏洛克説着就把其中

一個雪球抱起來，放到另一個較大的雪球之上。

「哎呀！**別偷步呀！**」猩仔馬上把謎題丟到腦後，快手快腳地堆起雪人來。

馬齊達也**不甘後人**，不一刻，就與夏洛克和猩仔堆了三個雪人。接着，他們還找來一些碎石，為雪人添上口鼻，又把借來的舊衣服披到雪人的身上，讓它們看來更像一個「**人**」。

就在這時，工場的鐵門「**嘰**」的一聲被推

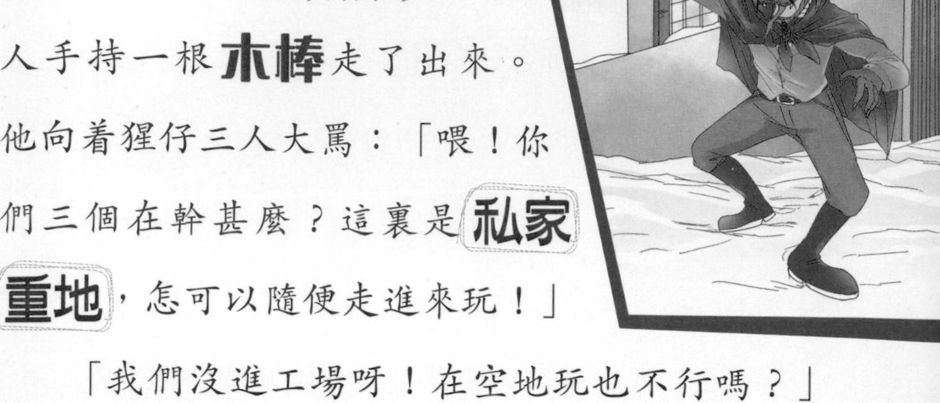

開了，一個**蛇頭鼠眼**的老人手持一根**木棒**走了出來。他向着猩仔三人大罵：「喂！你們三個在幹甚麼？這裏是**私家重地**，怎可以隨便走進來玩！」

「我們沒進工場呀！在空地玩也不行嗎？」猩仔並不示弱，高聲反駁。

「豈有此理！還敢駁嘴！」老人舉起木棒**巔巍巍**地走過來，「小胖子！你給我站着，讓老子好好教訓你！」

「哇呀！我好害怕呀！」猩仔扮了個**鬼臉**，轉身就跑。

「喂！等等！」夏洛克見狀，也馬上拉着馬齊達一起逃離了現場。

深夜的工場

馬齊達回到家的時候，**天色已晚**。當他想開門進家時，卻發現自己的**鑰匙不見了**。

「糟糕，鑰匙去了哪裏呢？」他**心急如焚**地找遍全身的口袋，連零錢都翻出來了，偏偏就是找不到鑰匙。

「難道是在堆雪人的時候……？」馬齊達回想起來，覺得最有可能是在**堆雪人**時丟失了鑰匙。

「怎麼辦？等媽媽回來開門嗎？但不見了鑰匙，媽媽一定會**狠狠地責罵我**啊。」馬齊

達愈想愈怕，只好取下掛在家門前的小提燈，**硬着頭皮**摸黑往紅磚工場跑去。

倒霉的是，跑了不久就下起雪來，令**視野**變得愈來愈差。他好不容易才回到工場前的雪地，然而，搖晃的燈光照射在雪人身上，令它們看來就像一羣**忽隱忽現**的**鬼魅**，情景實在有點嚇人。

「啊……」馬齊達不禁感到毛骨悚然。

「**不要怕！不要怕！**」馬齊達在心中向自己叫道，「它們只是雪人，沒甚麼好怕的！」

馬齊達知道降下來的白雪很快就會掩蓋了鑰匙，他只好壓制住自己的恐懼去拚命

尋找。

「呀！那不就是——」他終於在雪人的腳下看到了丟失的鑰匙。

「太好了！趕緊回家吧。」馬齊達撿起鑰匙轉身就走。可是，又冷又累的他只走了十來步，就因積雪太深而被絆倒了。同一瞬間，掉在地上的小提燈也熄滅了。

「啊！真糟糕！」馬齊達正想爬起來時，忽然聽到幾下馬匹的嘶叫聲。他往聲音來處定睛一看，只見一些燈光在遠處搖搖晃晃地移動着。

「是馬車？怎會來這麼偏僻的地方，難道迷路了？」他心中暗想。

這時，燈光愈來愈近，並在紅磚工場門前停了下來。馬齊達擦了擦眼睛，才在飄下的鵝毛大雪中，看到那是一輛篷車，只見車身被帆布覆蓋得嚴嚴實實的，顯得有點神秘莫測。

他還看到，帆布上寫着幾個英文字。不過，在昏暗的燈光和大雪中，他無法看清那些英文字母。

「『Co.』？應是『company』（公司）的簡寫吧？」馬齊達

還在猜測之際，一個**矮小的馬車夫**已從車上跳了下來，同時，一個**大個子**也在篷車中鑽了出來。他們**神色緊張**地左看看右看看，好像在警戒着甚麼似的。

「沒有人。」大個子以沙啞的聲音說。

「當然沒有人啦，誰會來這種鬼地方啊。」馬車夫輕佻地應道。

「**別妄下結論！**快給我到處去看看！」大個子訓斥道。

「知道了、知道了。」

馬車夫**不情不願**地回應。接着，他取下掛在車上的提燈。在燈光的照射下，馬齊達終於看到了車身上寫着甚麼。同一剎那，提燈的燈光突然往他的方向照過來。

馬齊達**赫然一驚**，馬上蹲下來，然後悄悄地躲到雪人的背後。

從踏着雪地的聲響聽來，馬車夫已**逐步逼近**，馬齊達害怕得一動不動地**緊抱雙膝**。可是，不知怎的，身體卻不由自主地**顫抖**起來。

「是誰？誰在哪裏？」突然一下高聲呼喝響起，嚇得馬齊達的心臟幾乎跳了出來。

「哈哈哈！原來是雪人，嚇了我一跳呢。」馬車夫的聲音在大笑。

「雪人？難道有小孩來這裏玩耍？」那是大個子的沙啞聲。

「放心啦，老頭兒在工場內看着，就算有小孩也肯定被他趕走了。」

「是的，老頭兒那副吃人的兇相，小孩一定怕了他。事不宜遲，米克，我們把箱子搬下來吧！」

「知道啦！」踏雪聲逐漸遠去。馬齊達終於鬆了口氣，他壯着膽子悄悄地探出頭來往馬車看去，只見那兩個男人從篷車上搬出**一個又一個用布蓋着的箱子**。

就在這時，箱內傳出窸窸窣窣的聲音，好像有甚麼在走動似的。

同一時間，工場的鐵門「**嘰**」一聲被打開，日間那個兇惡的老頭走了出來。兩個男人向他打了聲招呼，就逐一把箱子搬到工場內。

馬齊達冷得**渾身發抖**，但也不敢移動半步。他等呀等，等到他們把箱子搬完並關上鐵門後，才敢**拔足逃離現場**。

「為甚麼要在**漫天飛雪**的晚上搬運箱子？那些窸窸窣窣的聲音究竟是甚麼？」馬齊達邊跑邊想。

鵝毛大雪打在他的臉上，他一點也不感到冷，奔跑令他本來凍得僵硬的手腳變得暖和，他的內心更是熱乎乎的，因為，他知道——少年偵探團G出動的時候到了！

少年偵探團G出動

翌日，馬齊達一早起來，就連拖帶推的把還沒睡醒的猩仔拉到豬大媽的雜貨店去，一看到夏洛克，他就氣喘吁吁地說：「不……得了……不……得了。有……大事發生了！」

「甚麼大事？」夏洛克看了看馬齊達，又看了看猩仔。

「問……問馬齊達吧。」猩仔**睡眼惺忪**地說，「是他強行拉我來的，再見，我……我回去再睡一會。」說完，猩仔像**喪屍**似的，弓着腰拖着腿一步一步往回走。

馬齊達緊張得**期期艾艾**：「昨晚……我遇到一件怪事……」

「你冷靜一下，坐下來慢慢說吧。」夏洛克說完，又對猩仔說，「猩仔，這裏有一根『蕉』，要吃嗎？」

「甚麼？快拿來！」猩仔**精神為之一振**，一手奪過夏洛克手上的「蕉」就塞到嘴巴中，**狼吞虎嚥**地吃起來。

突然，猩仔張開大口呆了一下，接着「**熊**」的一聲噴出了**一團火**。

「哇呀！**好辣呀！**」一聲慘叫響起。

「哈哈哈！你醒了吧？」夏洛克大笑。

「哇呀！辣死我啦！」猩仔**又叫又跳**，在屋內四處奔跑。

馬齊達見狀，慌忙倒了杯水，抓住猩仔讓他喝下。

猩仔「**咕咚咕咚**」的把水一飲而盡。他大咳幾聲後，**滿臉通紅**地怒問：「豈有此理！夏洛克，你給甚麼我吃了？」

「是『椒』呀，**辣椒的『椒』**，你自己搶着吃的。」

「太過分了！我要取消你新丁1號的資格！」

「資……資格的事……你們慢慢再說。」馬齊達結結巴巴地說，「紅磚工場那邊……那邊有案件發生了！」

「甚麼？」猩仔和夏洛克都大吃一驚。

「是這樣的……」馬齊達巨細無遺地把昨夜發生的事說了一遍。

「兩個男人鬼鬼祟祟地把一些箱子搬到工場裏？」夏洛克自言自語地問，「箱子裏還發出窸窸窣窣的聲音？太可疑了。」

「那怎麼辦？要報警嗎？」馬齊達問。

「不！」猩仔一口否決，「少年偵探團G大顯身手的時候到了！就由我們自己來處理吧！」

「可是……」馬齊達有點擔心。

「對了，你剛才説其中一個人叫甚麼來着？」夏洛克問。

「他叫米克，是馬車夫。」馬齊達説，「我還看到車身上寫着『T&M Co.』。」

「那是一間公司的名字！」猩仔**自賣自誇**，「哈哈！我太聰明了！」

「哎呀，任誰看也知道那是一間公司的名字啦。」夏洛克沒好氣地說，「問題是，怎樣才能知道它是一家**甚麼公司**，和它的**地址在哪裏**呀。」

「地址？倫敦有這麼多公司，單憑名字很難查出它的地址啊。」猩仔說。

「是嗎？但我知道有**一個職業**的人對所有公司的地址都**瞭如指掌**呢。」

「真的？是甚麼職業？」猩仔問。

夏洛克拿起紙筆畫了一些**圖案**，

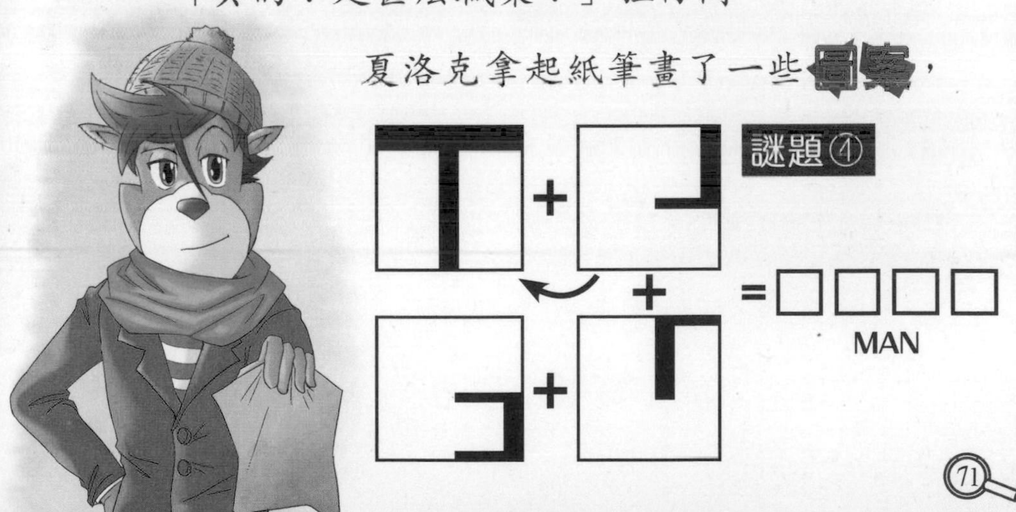

說：「就是這個職業，你身為少年偵探團團長，應該自己**動動腦筋**想想啊。」

「好像很難啊，有沒有甚麼提示？」馬齊達問。

「圖案代表**4個英文字母**，在這些字母後加上MAN，就是答案了。」夏洛克說着，湊到馬齊達耳邊提示，「關鍵是要留意那些『**十**』號。」

「呀！我知道了！」豎起耳朵偷聽的猩仔跳起來搶道，「答案是**POSTMAN(郵差)**！哈哈哈，太簡單了！不！我太聰明了！」

「原來是POSTMAN？」馬齊達**恍然大悟**，

「確實如此，郵差最清楚地址了。」

「對，如果『**T&M Co.**』是在區內的話，郵差一定知道它在哪裏。而且，我們還有人名**米克**，說不定郵差還認得這個名字呢。」夏洛克說。

「唔……下一步該怎辦呢……」猩仔**一臉嚴肅**地用尾指摳着鼻子沉思，突然，他眼前一亮，「**找郵差！**去找一個郵差！少年偵探團G馬上出發！」說着，他興奮地拔下了一條鼻毛。

見狀，夏洛克和馬齊達嚇得慌忙走避，可是說時遲那時快，「乞嚏」一聲襲來，兩人又被擊個正着。

「哇呀！髒死了！」夏洛克和馬齊達同聲慘叫。

「哈！打完噴嚏，整個人也**精神**了呢！」

猩仔說着，**掏出手帕**使勁地擦了擦鼻子。

「咦？」這時，他才察覺夏洛克兩人臉上沾滿了口水鼻涕，還**怒盯**着他。

「啊？」猩仔看看自己手上的手帕，「想用這個？我不怕髒，**借給你們用**吧。」說着，他大方地把手帕遞了過去。

「甚麼？」夏洛克氣極，**「你留給自己用吧！」**說完，就拉着馬齊達跑到洗手間去清洗。

「太奇怪了，他生甚麼氣呢？」猩仔感到**莫名其妙**。

米克的信

不一刻，夏洛克和馬齊達清洗完畢走出來時，店前傳來了一個人的叫聲：「**有人嗎？**」

三人走到店前一看，原來是一個揹着**大郵包**的**老郵差**派信來了。

「**來得正好！**」夏洛克連忙趨前說，「郵差叔叔，早安！」

「啊？豬大媽不在嗎？」老郵差**慢悠悠**地把一封信遞上，「麻煩你把信交給她吧。」

「好的。」夏洛克接過信後，裝作**不經意**地問道，「對了，請問你有沒有聽過一間叫做『**T&M Co.**』的公司？」

「『T&M Co.』？這名字好耳熟，待我想想……」老郵差不自覺地仰起頭來**細想**，「唔……在**洛曼頓街**……好像有一家這樣的公司。」

「在洛曼頓街嗎？它是一家怎樣的公司？」猩仔搶着追問。

「好像是做**進出口生意**的。你們問來幹嗎？」老郵差有點生疑。

「這個嘛……」夏洛克想了想，慌忙**編了個謊話**，「豬大媽叫我們去找『T&M Co.』的米克先生查詢**批發貨品**的事，所以隨便問一下罷了。」

「**米克先生？**呀！這名字讓我記起來了。」老郵差說着，翻了翻揹着的**大郵包**，然後掏出一封信看了看說，「對了，碰巧有封信要送給米克先生呢。」

「真的嗎？太好了，我們替你送過去吧！」猩仔**順水推舟**。

「不行！不行！」老郵差一口拒絕，「這是我的工作，不能隨便交給別人**代勞**。」

「哎呀，反正我們也要去那邊，替你**省點時間**不好嗎？」猩仔落力遊説。

「***走、走、走！***別再説了，我忙着呢。」老郵差擺擺手，正想離去之際，突然，猩仔「**嗖**」的一下，從老郵差手上奪過信件。

「不要緊啦！交給我吧！」猩仔把信件揚了揚，轉身就跑。

「喂！你怎可以這樣！」夏洛克和馬齊達沒料到猩仔**有此一着**，被嚇了一跳。

「**小胖子！**別走！把信還給我！」老郵差一邊大叫一邊**巔巍巍**地跟着追去。

「我辦事你放心，再見！」猩仔大叫一聲

後，頭也不回地跑走了。

「**嗄嗄嗄**……小胖子……竟然跑得這麼快！」老郵差跑了不到幾步，就已經停下來**喘氣**了。

夏洛克見狀，只好追上去說：「郵差叔叔，你放心，我一定會叫小胖子把信送到米克先生手上的。」說完，他就拉着馬齊達往猩仔的方向追去了。

追了**幾個街口**，兩人終於追上了。這時，只見猩仔正倚着路旁的一個

郵筒，全神貫注地看着手上的一張紙。

「你不可以搶信呀！」夏洛克走近後，斥責道。

「別吵！」猩仔眼睛仍盯着手上的紙，「這是查案。桑代克先生説過，查案時任何微細的線索也不可錯過。」

「可是，搶信不太好吧？」馬齊達説。

「別婆婆媽媽！」猩仔仍盯着手上的紙，「查案就得不擇手段。」

「桑代克先生可沒教你不擇手段啊！」夏洛克不滿地批評。

「唔……這……究竟是甚麼意思呢？」猩仔沒理會同伴們的責難，只是盯着手上的紙喃喃自語。

聞言，兩人好奇地湊過去看，只見紙上寫着**一堆不明所以的圖案**。

「這……？這是甚麼？」馬齊達問。

謎題⑤

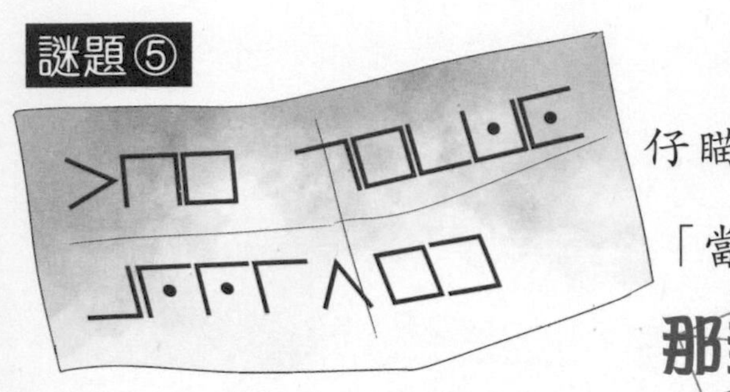

「還用問嗎？」猩仔瞄了馬齊達一眼，「當然是**寄給米克那封信**啦。」

「甚麼？你竟拆了人家的信！」夏洛克不敢相信。

「甚麼人家的信？這是**犯罪分子的信**，還用客氣嗎？當然要拆來看看啦！」

「算了吧。反正已拆了，不如看看那些圖案是甚麼意思吧。」馬齊達提議。

夏洛克知道責難也沒用，只好奪過猩仔手上的信，**仔細地看**起來。

「嘿嘿嘿，你不用看啦。我已明白了！」

「明白甚麼？」馬齊達問。

「那些是**外星文**！」猩仔**自作聰明**地說，「一定是外星人正在跟米克通信！」

聞言，兩人幾乎「**啪**」的一聲摔倒在地。

「哪有甚麼外星人，一看就知道這是**某種密碼**啦！」夏洛克沒好氣地說。

「甚麼？密碼？又是密碼？」猩仔說，「最近好像遇到很多密碼呢！」

「如果是**密碼**，究竟是甚麼意思呢？」馬齊達問。

「這是一封信，信大都是由文字寫成的，看來這些圖案只是**某種文字的轉換**。」夏洛克冷靜地分析道，「假設最初的三個圖案，是代表最常用的英文字，**例如THE**——」

說到這裏，夏洛克忽然停了下來。

「是THE又如何呀？」心急的猩仔問。

「是THE的話……」夏洛克**靈光一閃**，「這樣就可以解得通了！」

「解得通？怎麼解？」馬齊達緊張地問。

「有**紙筆**嗎？」

馬齊達慌忙掏出筆記本

和鉛筆遮上。

「這些圖案看似沒有意義，但把它們組合起來應該是這些**形狀**。」夏洛克一邊解釋，一邊在筆記本上畫了下面的圖案。

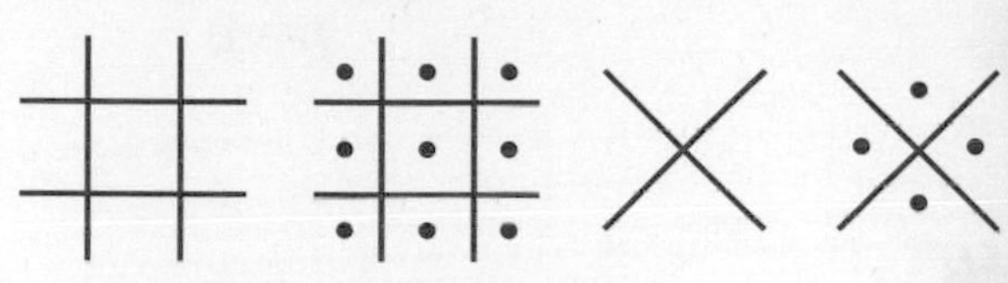

「即是甚麼啊？」猩仔**摸不着頭腦**。

「還看不出來嗎？」夏洛克沒好氣地說，「這四個圖形，其實由**26個小圖形**組成，只要明白這一點，就能破解密碼了。」

「由26個小圖形組成？」馬齊達看看筆記

本，又看看信件，有點**信心不足**地問，「難道……密碼是**THE GECKO ARRIVED**的意思？」

「你答對了！」

「他答對了？為甚麼？」猩仔仍不明白。

「你不是隊長嗎？自己想想吧！」夏洛克說。

「對！我是隊長！所以我已想通了！」猩仔**信心十足**地拍了一下自己的胸膛說，「**是外星文！錯不了！**」

夏洛克兩人聞言，氣得**口吐白泡**，幾乎昏了過去。

「不過，GECKO是甚麼意思呢？」馬齊達擦掉嘴角的白泡問。

「應該是指壁虎吧。」夏洛克説，「不過……信上為甚麼説『壁虎已抵達』呢？」

「我昨夜聽到那些木箱中傳出窸窸窣窣的聲音，難道裏面藏着的是壁虎？」馬齊達問。

「呀！我明白了！」夏洛克眼前一亮，「早前看報紙説一些瀕危物種很值錢，木箱裏的一定是非法進口的瀕危動物！」

「太可惡了！竟然販賣瀕危動物賺錢！我絕不會放過那些壞蛋！」猩仔義憤填膺。

「那麼……我們要報警嗎？」怕事的馬齊達有點**猶豫**地問。

「可是，單憑這封信，警方未必會受理……」夏洛克思考了一會說，「這樣吧，我們潛入紅磚工場看看，假如真的發現**瀕危動物**，就去報警吧！」

「可是……那裏有個很**兇惡的老頭**啊。」馬齊達一想起那個蛇頭鼠眼的老人，就不禁有點害怕。

「哼！那老頭有甚麼可怕，我一根手指就可以把他捅個**四腳朝天**了！」猩仔**大言不慚**地說。

熏臭的倉庫

三人來到了紅磚工場後，發現那老頭正在鐵門附近的看守室裏**睡覺**。

「**走！**」猩仔輕聲地**發號施令**，夏洛克和馬齊達點點頭，就跟着猩仔悄悄地潛進了工場的前院。

可是，他們來到工場廠房的門口才發現**重門深鎖**，沒有鑰匙根本進不了去。

「鑰匙應該在那看守室吧。」夏洛克猜想。

「那老頭就在裏面，我們沒法拿啊。」馬齊達不安地說。

「嘿！太簡單了。」猩仔**拍一拍心口**說，「我去把他引開，你們就**乘機**去偷吧。」

「這……萬一你被老頭抓到怎麼辦？」

「嘿嘿嘿，你當我是**吃素**的嗎？我玩**捉迷藏**可從沒輸過啊！」猩仔咧齒笑道，「你們在這裏等着，當看到老頭追趕我時，就進去拿鑰匙吧！」

猩仔說完，就走到看守室前面大叫：

「**哇！有人在工作時間睡懶覺呀！**」

老頭被嚇得整個人彈了起來，他定神一看，發覺是個小孩，就**高聲喝罵**：「臭小子，竟敢吵醒老子！你**活得不耐煩**了！」說着，他一手抓起放在身旁的木棒就向猩仔衝去。

「哇！我好害怕呀！」猩仔

扮了個**鬼臉**，轉身就跑。

「豈有此理！」老頭氣極，舉起木棒就追。

「機會來了！」夏洛克與馬齊達趕緊竄進看守室，兩人一踏進去，就看到牆上掛着很多**不同種類的鑰匙**。

「好多鑰匙啊……難道要全部帶走，逐一去試嗎？」馬齊達有點**不知所措**。

「這倒不用，你有注意**匙孔的形狀**嗎？」夏洛克問。

「我沒留意啊。」

「我可記得很清楚。」夏洛克說，「匙孔是這樣子的，所以一定是這一條。」說着，他用手比劃了一下匙孔的形狀，然後**自信滿滿**地選了一條。

謎題⑥

你能否根據匙孔的形狀，推斷出正確的鑰匙呢？

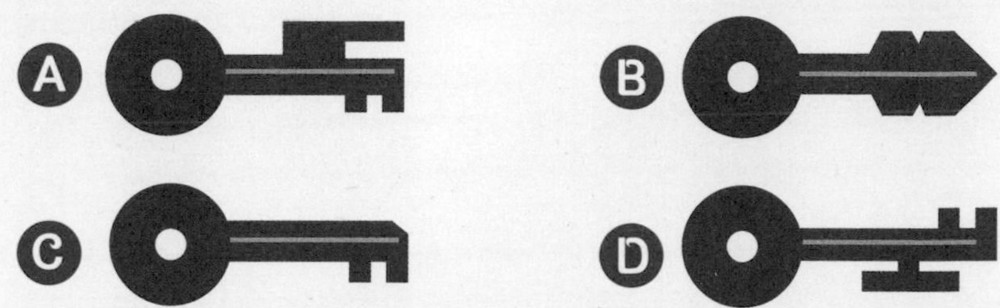

「真的嗎？那我們快去開門吧。我怕猩仔會被那**可怕的老頭**抓到。」馬齊達緊張地說。

「好！」

兩人悄悄地離開看守室，回到廠房的門外。夏洛克把鑰匙插進匙孔中一擰，「**咔嚓**」一聲響起，大門就被打開了。

請運用一下你的想像力，想像一下鑰匙正面的形狀吧。如解答不了，可以看看第123頁的答案。

「**進去吧。**」夏洛克說。

「嗯！」馬齊達雖然有點害怕，但也用力地點點頭。

兩人進去後，**小心翼翼**地把門關上。

「廠房那麼大，應往哪裏調查呢？」馬齊達壓低聲音問。

夏洛克仔細看了看四周，說：「你看，周圍都堆滿了雜物，地板又鋪滿了灰塵，看來那老頭平時很少執拾和打掃。不過，靠牆邊那條通道的地上佈滿了腳印，而且闊度足以讓人抬着箱子通過，看來那就是搬運的通道。我們走過去看看吧。」說着，夏洛克一馬當先，躡手躡腳地往那通道走去。

馬齊達「嗗咚」一聲吞了口口水，也放輕腳步跟着走去。

可是，他們走到盡頭時，卻被一扇鐵門擋住了。

「看來門後面是個倉庫呢。」夏洛克說。

「糟糕，是上了鎖的。」馬齊達指着掛在門上的鐵鎖說，「是一把**3位數的密碼鎖**。」

「**噓**，別作聲！裏面好像有些聲音。」夏洛克說着，把耳朵貼在門上細聽。

「唔……窸窸窣窣……窸窸窣窣的，看來是動物走路時發出的**磨擦聲**呢。」夏洛克皺起眉頭說。

就在這時，一陣腳步聲忽然從兩人身後響起，還隱約傳來**兩個男人**的對話聲。

「是昨晚那兩個男人！」馬齊達認出了那個**沙啞的聲音**。

「快躲起來！」夏洛克看了看四周，卻發現**無處可躲**，只好與馬齊達蹲在角落，並隨手拿起一**塊布**，蓋在自己和馬齊達身上。

不一刻，兩個人的腳步聲逐漸走近，最後更停了下來。

「米克，快把門打開吧！這條**大蛇**很重呀。」一個沙啞聲喊道。

「得啦、得啦！哎喲，密碼是甚麼呢？我總

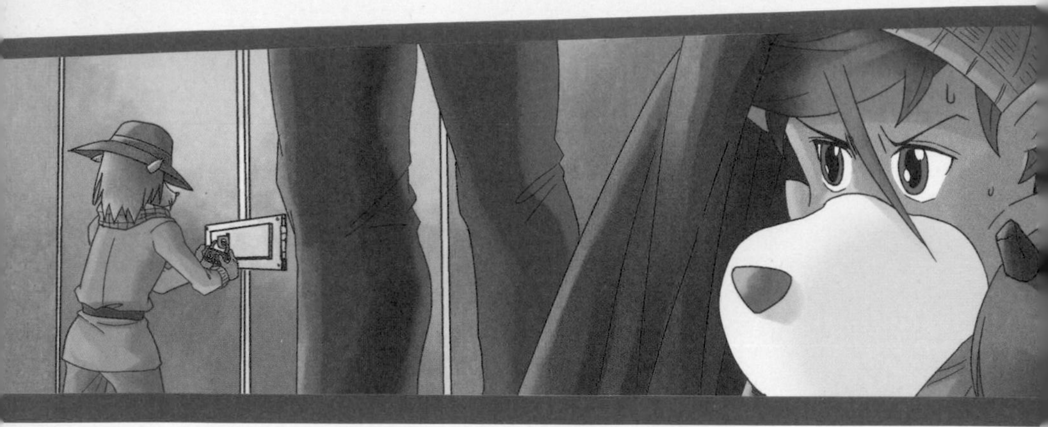

是記不住數字，但幸好已寫了下來。」夏洛克聽到另一個聲音說。

接着，響起了紙張的磨擦聲，看來，那個米克掏出了一張紙。

「密碼應該記在**腦袋**裏呀！」沙啞聲不滿地說，「萬一被人看到怎麼辦？」

「放心啦。我沒有把密碼直接寫出來，就算給人看到，也不會看得懂的。」那個米克說完，又自言自語

似的説，「唔……密碼是這個……這個……這個……」接着，「咔嚓」一聲，看來鎖被打開了。

然後，一下沉重的開門聲響起，夏洛克知道，倉庫的門被拉開了。

同一瞬間，一陣**臭味襲來**，夏洛克幾乎「嗚」的一聲喊了出來。馬齊達也馬上**捞着鼻子**，閉上呼吸。兩人都知道，那是**動物特有的臭味**。

「最怕打開這道門，臭老頭就是不肯打掃，真是臭氣熏天！」沙啞聲的腳步聲顯示，他走進倉庫後放下了甚麼東西，然後又「噠噠噠」地趕緊走了出來。

「太髒了！有東西可以抹抹手嗎？」沙啞聲問。

「那裏有一塊布。」叫米克的人應道。

「他說的不會是……？」夏洛克**暗地一驚**，但未及細想，已有人走近「嗖」的一下，掀起了蓋着他們的那塊布！

夏洛克看到一個大個子吃驚地看着他們。

「走！」夏洛克趁對方**驚魂未定**，馬上拖着馬齊達**拔足就逃**。

但大個子**眼明手快**，已一把抓住馬齊達

的衣領，把他整個人提了起來。同一瞬間，米克亦跳過來封住了夏洛克的去路。

「你們兩個**臭小子**，為甚麼會躲在這裏的！快説！」大個子**揚聲威嚇**。

「我……我們只是進來玩捉迷藏罷了。」夏洛克**人急智生**，胡亂編了個謊話。

「你們看到了甚麼嗎？」米克喝問。

「看到甚麼？沒有呀，我們**甚麼也沒看到**。」

「湯姆大哥，既然沒看到甚麼，就放他們走吧。」米克向大個子說。

「**不行！**」大個子湯姆怒道，「一看就知道這小子説謊！不能放他們！」

「那怎麼辦？」米克問。

「**把他們關起來！**」湯姆喝令，「反正過兩天就要把那些東西運走，待**轉移地點**後再放他們吧！」

說完，湯姆抓起馬齊達和夏洛克，把他們丟進了倉庫，並警告道：「臭小子，**識趣就別作聲**，乖乖的待在這裏，我們完事後就會放你們走。」

米克走過來，把鼻子湊到夏洛克面前**嚇唬**：「休想叫救命啊！亂叫的話，就**斃了你們！**」

這時，夏洛克瞥見他口袋裏露出了**一個紙角**。

「一定是那張寫着**密碼的紙**！」在**電光石火**之間，夏洛克想起了兩個男人剛才的對話。

「記住呀！不准亂叫！」說完，米克轉身離開。但**說時遲那時快**，夏洛克伸手一拈，用指頭夾住了那張紙。可是，同一時間，他瞥見大個子正往這邊看來，只好慌忙把手縮回去。這時，那張紙剛好卡在米克的**口袋邊上**，卻沒有掉下來。

「失敗了！」

夏洛克暗叫不妙。

然而，就在米克轉過身來用力關上鐵門的一剎那，他腋下的**袖根一扯**，那張紙

在衣服的顫動下，輕輕地從口袋邊掉了下來。

「**隆**」的一聲，倉庫的鐵門已被關上了。

馬齊達看着被關得緊緊的鐵門，害怕得渾身哆嗦，幾乎要哭出來。

「別怕，他們說過不會傷害我們。」夏洛克**安慰**道，「而且猩仔還在外面，他一

定會來救我們的。」

「可是……門被鎖上了，就算猩仔找到我們，我們也……也沒法逃走啊。」馬齊達哭喪似的說。

「這倒不一定。」

說着，夏洛克立即趴到地上，從鐵門下的縫隙往外窺看。

「嘿！那傢伙竟沒察覺丟了東西。」夏洛克興奮地說，「只要猩仔來到，我們就有救了！」

「真的？」馬齊達雙手合十，喃喃地祈禱，「猩仔、猩仔、猩仔，你快來吧！」

小英雄猩仔

「乞嚏！」

猩仔彷似聽到了馬齊達的禱告似的，打了一個**大噴嚏**。他擦一擦鼻水抬頭一看，發覺自己已跑到工場後方的叢林中。可是，同一時間，他也聽到了老頭追來的腳步聲，知道對方依然對他**窮追不捨**。

「臭小鬼！我聽到你的聲音了，別以為我抓不到你！」老頭在**怒號**。

「你抓得着我再説吧！」猩仔大聲回應後，想了想，「嘿！既然已把他引到這裏來了，不如來個回馬槍，嚇他一跳豈不更好玩？」

想到這裏，他馬上悄悄地繞進樹叢中，向老頭的聲音來處走去。

「你在喊甚麼？」此時，一個聲音響起。

「唔？」猩仔赫然一驚，「那不是老頭的聲音，難道他的同黨來了？」

他馬上蹲下來，躲在樹叢中往前面看去。果然，前方除了那個老頭外，還來了一個大個子和小個子。不用説，他們就是湯姆和米克。

「剛才有個小胖子闖進工場，我正在追捕他！」老頭**指手劃腳**地説。

「是嗎？我們剛剛抓了兩個小孩，難道是**他們的同伴**？」米克説。

「**管他是誰**，把他也抓起來吧！」湯姆下令。

「那小子雖然**又胖又蠢**，但跑得像頭**野豬**那麼快，我一個人抓不了。」老頭故意誇大其詞。

「甚麼？竟然説本少爺又胖又蠢，還像頭野豬！氣死我了！」猩仔心中氣得**咬牙切齒**。

「我跟你一起去抓他吧。」米克說。

「我去準備馬車，你們**動作快點**啊！」說完，湯姆就轉身離去。

「被抓的那兩個小孩怎麼了？不怕他們逃跑嗎？」老頭問道。

「嘿！已把他們**關在倉庫裏**，哪逃得了。」

「糟糕！他們說的一定是夏洛克和馬齊達！」猩仔**暗叫不妙**，「我得想辦法**營救**。」想到這裏，他不禁往後退了一步，卻沒想到「嘎巴」一聲踏斷了一根枯枝。

「呀！那兒有響聲！」米克叫道。

「一定是那臭小子！」老頭**裝腔作勢**地向

空中吼叫，「老子現在就來抓你，你逃不掉的！」

說着，兩人**一步一步**地逼近猩仔藏身的地方。

「怎辦？怎辦？怎辦？他們**左右夾攻**，

我如何才能逃脫？」猩仔慌了。

謎題⑦

→	↱	→	↓	✕	→	→	↓	→	↓
↓	↔	✕	↱	↳	↑	✕	↓	↑	✕
↓	↓	←	←	→	→	↑	→	↳	✕
↓	↓	→	↓	↑	→	→	→	→	↓
↓	↓	↑	→	↑	↑	→	↓	✕	↓
↓	→	↳	↱	↱	↑	↑	↓	↑	↓
→	→	↓	↓	✕	→	↑	↓	↑	↓
✕	←	←	→	→	↑	✕	↔	↑	●

猩仔為了避開老頭和米克，必須沿着箭頭的方向前進。你知道他怎樣前往工場嗎？不懂也沒關係，請看第123頁的答案吧。

但猩仔很快冷靜下來，他已想出了既可避開老頭和米克，又可走進工場的路線。

夏洛克與馬齊達在等待猩仔期間也沒有閒着，他們逐一檢查**倉庫裏的木箱**。果不其然，木箱裏都是一些**蛇和蜥蜴**之類的動物，看來都是**禁止進口的瀕危物種**。

「他們非法販賣動物？」馬齊達又驚又怒，「太可惡了！這會令這些動物**絕種**啊！」

「不僅這樣。當非原生動物進入另一個國家

時，或許會造成**生態破壞**，因為『**入侵物種**』繁殖得太快的話，可能會殺死原有物種，引發**自然生態的災難**啊。」夏洛克說。

「喂！新丁1號、2號，你們在裏面嗎？」忽然一個**熟悉的聲音**傳來。

「呀！是猩仔！」夏洛克大喜。

「我們在這裏啊！」馬齊達連忙大聲回應。

「別擔心！我來救你們！」猩仔在門外說。

可是，他馬上又說：「咦？這裏有個**密碼鎖**，怎樣開呢？」

「你看看地上是否有**一張紙**，紙上可能有提示。」夏洛克提醒。

「紙嗎？紙……**有了！**」

門外傳來猩仔興奮的聲音。

可是不一刻，猩仔又叫道：「哎呀，甚麼意思呀？**完全看不懂**啊！」

「**稍安毋躁**，你讀出來，我們一起想。」夏洛克冷靜地說。

「好的，你們聽着。」

I. 319—其中1個號碼及位置正確。
II. 927—其中1個號碼正確，但在錯誤位置。
III. 286—其中2個號碼正確，但均在錯誤位置。
IV. 546—全部號碼都是錯的。
V. 153—其中1個號碼正確，但在錯誤位置。

夏洛克想了想，問道：「是**3位數的密碼鎖**，對吧？」

「是啊。」

「你把那張紙從**門下的縫隙**插進來，讓我再看看。」

「好。」一張紙馬上在門下出現了。

夏洛克撿起來細看，然後唸唸有詞地說了些甚麼，突然眼前一亮：「我知道了！密碼是812，你試試把鎖打開吧！」

「咦？你怎麼知道的？」馬齊達和猩仔異口同聲地問。

「那些壞人隨時會回來，現在不是解釋的時候。你先開鎖吧。」

「好的。」

夏洛克和馬齊達屏息靜氣地等候，不一刻，兩人聽到「咔嚓」的一聲響起，然後「嘰」的一下，門被拉開了。

「哇！太好了！」

馬齊達開心得幾乎哭出來。

「快走吧！」

夏洛克三人連忙**逃離工場**，再到警局報案。

第二天，報紙**大字標題**地寫着：「**搗破偷運瀕危動物團伙，三名少年建奇功**」。新聞中表揚了夏洛克、猩仔和馬齊達三人，卻隻字不提「**少年偵探團G**」，令猩仔**好不沮喪**。

「少年偵探團G首次出動就破了大案！報紙竟然**隻字不提**，太過分了吧。」猩

仔把報紙扔給馬齊達，不滿地說。

「還不是因為你**口沫橫飛**，不停地說甚麼新丁1號、2號，最後還打了個大噴嚏，弄得記者們**滿臉鼻涕**，人家才採訪不下去呀。」夏洛克沒好氣地說。

「我跟你說，**打噴嚏**是人體的**自然反應**，和**放屁**一樣，是控制不了的。所以嘛，**嘿嘿嘿**……我已經放棄控制了。」猩仔說着，忽然**咧齒奸笑**。

同一瞬間，夏洛克和馬齊達聞到了一股**惡臭**。

「是甚麼氣味？」夏洛克捏着鼻子問。

「**無聲屁**呀，神不知鬼不覺吧。」猩仔拍拍自己的屁股，自豪地說。

「**臭死我啦！**」夏洛克和馬齊達的慘叫響遍了整條街道。

謎題 1

圓圈的排列跟打字機的鍵盤一樣，只要依圓圈上的數字順序把英文字母打出來，就是答案「Gorilla」了。

Q W E R[3] T Y U I[4] O[2] P
A[6] S D F G[1] H J K L[5]
Z X C V B N M ,

↓

G O R I L L A

謎題 2

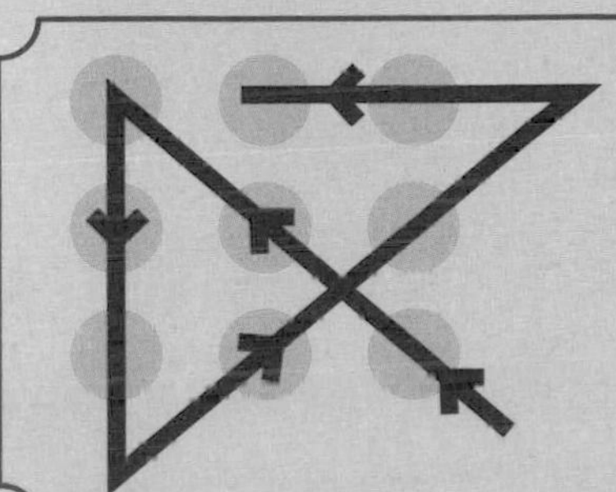

從任何一個斜角開始，畫出一個大箭咀，就能一筆過穿過9個雪球，並畫出4條直線了。

謎題 3

只要把4張圖案重新組合，就知道答案是「T&M Co.」了。

謎題④

其實這是個簡單的拼圖遊戲，只要將有加號的兩個圖案逐個合併，就能得出答案POSTMAN了。

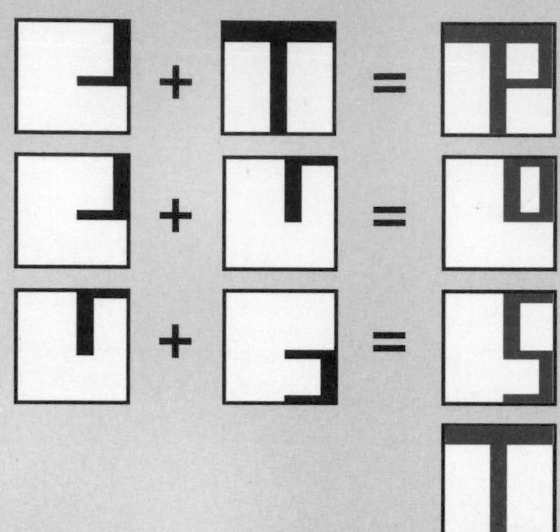

謎題⑤

其實每個圖案都代表1個英文字母。26個英文字母如下圖所示：

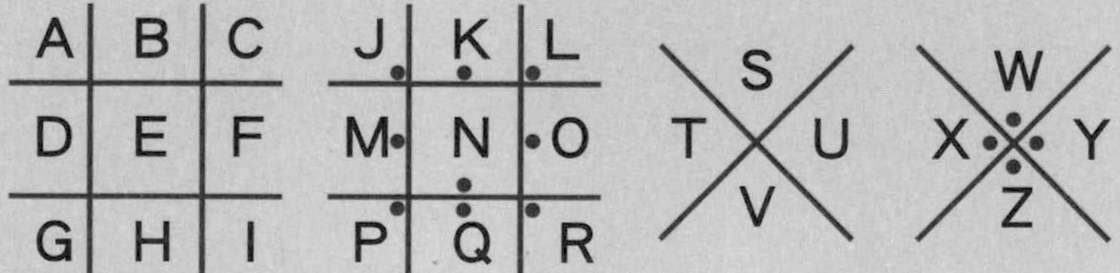

所以答案就是：THE GECKO ARRIVED

謎題⑥

想像一下每條鑰匙的正面，就知道只有D才能放進匙孔內。

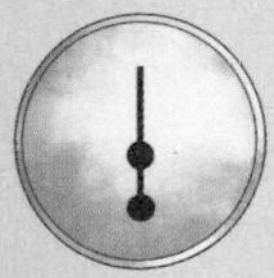

謎題⑦

仔細觀察，逐步嘗試，必定能解開這道謎題。

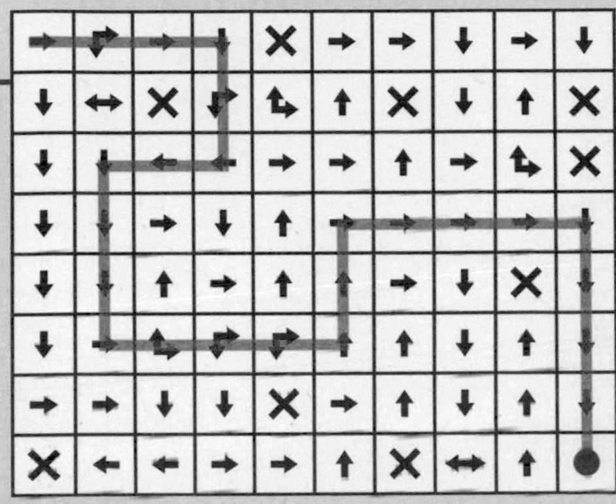

謎題⑧

①根據III和IV的提示，我們可以肯定密碼中必定包括「8」、「2」。

②根據II的提示，可以確定「2」必定是密碼最後的數字，並根據III的提示，可推論出「8」必定是密碼的頭一個數字，也就是說密碼應該是8__2。

③根據I和V的提示，密碼可能是3__ __或__1__。但因為我們已經推論出密碼是8__2，可以排除3__ __。

④綜合以上幾點，所以密碼就是812。

圖書館①

猩仔有時很吵…
YEAH！

把他帶往
圖書館吧。

因為圖書館
必須保持安靜？
不。

因為他
一看書
就會睡着。

圖書館②

圖書館是知識的寶庫。
而知識
就是武器。

多去圖書館，
可使我們變強。

我明白了！

圖書館就是
武器庫！
不是啊！
不要用書
打人！

偵探團①

來玩模擬
兇案現場吧！

粉筆圈着的
就是屍體。

唔……
看來死者
被切開了
呢。

……
你看哪了……
屍體在這邊。

偵探團②

夏洛克和馬齊達
被困時…
你拾起地上的
紙看看吧。

上面寫
甚麼嗎？
等等…

字太細我看不清。
我用放大鏡看看。

呀，紙燒掉了！
我們
怎出去啊！

科學小知識

【物種入侵】

當一個物種在非原生地的地方生長，並威脅到當地的生物多樣性，成為公害時，我們就會稱之為「物種入侵」。

自15世紀，人類開始航海旅程起，各種各樣的動植物就跟隨人類而轉移到不同地域。當中有一些特產農作物，例如粟米、番茄等，因而成為世界糧食。但亦有一些具備侵略性的動植物，引起不同的自然環境問題。

例如大家熟悉的大閘蟹，就對北美和歐洲的生態系統造成很大的侵略。因為缺乏天敵，所以牠們在當地大量繁殖，造成當地生物滅絕，影響整個自然生態。其挖掘及穴居行為，更造成河堤侵蝕，並阻塞排水系統。

科學小知識

入侵物種還會污染遺傳因子。例如台灣獼猴，在進入日本後，與當地的日本猴進行混種，導致純種的日本猴逐漸消失。

事實上，被我們廣泛飼養的狗和貓也被歸納為入侵物種。貓就曾經因為被大量遺棄，而對澳洲、紐西蘭等地的小型生物造成嚴重威脅。而被遺棄的狗亦往往有攻擊人類或其他小動物的危險。

要減少物種入侵我們必須遵守以下3點：

①不輸入會帶來壞影響的外來物種

②不棄養/放生外來物種

③限制野生外來物種的生息範圍

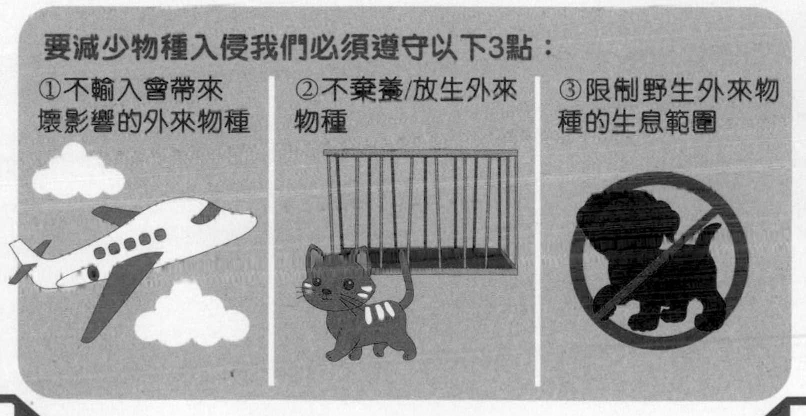

原案&監修 / 厲河　小說&繪畫 / 陳秉坤
着色 / 陳沃龍、徐國聲　封面設計 / 陳沃龍　內文設計 / 麥國龍、葉承志
編輯 / 郭天寶、蘇慧怡、黃淑儀

出版
匯識教育有限公司
香港柴灣祥利街9號祥利工業大廈2樓A室

想看《大偵探福爾摩斯》的
最新消息或發表你的意見，
請登入以下facebook專頁網址。
www.facebook.com/great.holmes

承印
天虹印刷有限公司
香港九龍新蒲崗大有街26-28號3-4樓

發行
同德書報有限公司
九龍官塘大業街34號楊耀松（第五）工業大廈地下
電話：(852)3551 3388　傳真：(852)3551 3300

購買圖書

第一次印刷發行　2021年10月

ISBN:978-988-75649-9-7
港幣定價 HK$60
台幣定價 NT$300

發現本書缺頁或破損，
請致電25158787與本社聯絡。